ISCOVRS ACADEMIQVE

SVR LA COMPARAISON entre Virgile, & Homére.

RECITE' LE XIX. AOVST 1667. dans l'Assemblée qui se fait chez Monseigneur le Premier President.

A PARIS,
Chez THOMAS IOLLY, en la petite Salle du Palais, à la Palme, & aux Armes de Hollande.

M. DC. LXVIII.
AVEC PRIVILEGE DV ROY.

A
MONSEIGNEVR
LE PREMIER
PRESIDENT.

ONSEIGNEVR,

Je fais une chose un peu extraordinaire en vous dédiant ce petit Ouvrage. Je vous fais présent d'un larcin, à Vous, MON-

SEIGNEVR, *qui estes le Chef de la Justice, non seulement par vostre Dignité; mais bien plus encore par ces grandes lumiéres, & par cette bonté, & cette integrité, si connuës, qui vous rendent vn des plus aimables Héros de nostre siecle. Je me trompe, toutefois, en appelant ce que je fais vn larcin, puisque je ne fais que vous offrir vne chose, qui vous appartient à plus d'vn titre. Ce Discours n'a esté fait que pour vous plaire; il a esté récité en vostre présence, dans cette belle société de personnes choisies, qui s'assemblent toutes les semaines chez-vous, où vous présidez avec tant de douceur, & où vostre solide & délicate érudition ne paroît pas-moins, que la gravité, & la vaste suffisance, que l'on admire tous les jours en vous, quand vous estes à la teste du premier Parlement de ce Royaume. Enfin, personne n'ignore combien l'Auteur luy-mesme est à vous, tant par l'amitié dont vous l'honnorez, que par les puissans liens qui l'attachent à toute vostre illustre famille. Ce seroit icy le lieu de donner à cét Auteur les justes éloges qu'il mérite; mais j'ay tout dit,* MONSEIGNEVR, *quand j'ay dit que vous l'ai-*

meż. Il n'y a pas long-temps que nous l'avons admiré, comme un autre Virgile dans cet excellent Poëme des Jardins, qu'il a mis au jour en la Langue de cet homme incomparable; il ne faloit plus que ce Jeu de ſon eſprit, en la noſtre, où il diſpute, en faveur du premier des Poëtes Latins, la préference ſur le premier des Grecs, pour faire voir qu'il excelle en toutes choſes. J'appelle cette Diſſertation un Jeu, quoy qu'on y voye un ſavoir exquis, des obſervations tres-ingénieuſes, & des preceptes tres-ſolides, pour la Poëſie la plus élevée; par-ce qu'il ſemble, en-effet, qu'il ne l'ait écrite qu'en ſe joüant. Qui doute qu'il n'euſt pû aller plus loin, s'il euſt voulu? Cette retenuë meſme porte le caractere de ſa modeſtie, & de ſon humilité, qui accompagnent toutes ſes actions. Mais j'ay beau les choquer, ces vertus qui luy ſont ſi naturelles; il eſt à Rome, où elles ne manqueront pas de paroître avec éclat. Aprés cela, MONSEIGNEVR, *ne devineroit-on pas aiſément, que c'eſt du R. P. Rapin que je parle, quand je m'empeſcherois de le nommer? Je puis dire avec verité, que ſes meilleurs amis n'ont rien ſeû de l'impreſ-*

ſion de cet ouvrage. Il le leur avoit preſté, comme on preſte, d'ordinaire, ces ſortes de choſes-là; quelqu'vn-d'eux, zélé pour ſa gloire, en a retenu vne copie, à deſſein de la donner au Public; & la fortune a voulu que ce ſoit par moy que ce bonheur luy arrive. Je ſouhaitterois, MONSEIGNEVR, *d'en pouvoir faire autant du Diſcours de Monſieur de Pelliſſon, pour Homére; le préſent que je vous fais, en ſeroit plus accomply. Je pourrois nommer ces illuſtres amis de l'Auteur, qui ſont auſsi les miens, & me faire honneur de leur mérite, auſsi-bien qu'à luy; mais ce ne ſeroit qu'vn honneur emprunté; & je ne dois pas me nommer moy-meſme. Il me ſuffit de vous aſſurer, que je ſuis avec vn profond reſpect,*

MONSEIGNEVR,

Voſtre tres-humble, & tres-obeïſſant ſerviteur.

PRIVILEGE DV ROY.

LOVIS PAR LA GRACE DE DIEV, ROY DE FRANCE ET DE NAVARRE : A nos amez & feaux Conseillers les gens tenans nos Cours de Parlement, Maistres des Requestes ordinaires de nostre Hostel, Prevost de Paris, Baillifs, Senéchaux, leurs Lieutenans Civils, & autres nos Iusticiers & Officiers qu'il appartiendra. Nostre bien amé THOMAS IOLLY, Maistre Libraire & Imprimeur à Paris, nous a fait remonstrer qu'il luy a esté mis entre les mains vn livre intitulé, *Discours Académique sur la comparaison entre Virgile & Homére*, composé par le R. P. RAPIN de la Compagnie de IESVS; lequel il desireroit imprimer & donner au public : mais il craint qu'en ayant fait la dépense, d'autres le voulussent imprimer à son préjudice, s'il ne luy estoit pourveu de nos Lettres de privilege sur ce necessaires, qu'il nous a tres-humblement fait supplier luy octroyer. A CES CAVSES, voulant favorablement traitter l'exposant, & luy donner moyen de recueillir les fruits de son labeur : Nous luy avons permis & accordé, permettons & accordons par ces presentes, d'imprimer ledit Livre en tel volume, marge, caractére, & autant de fois que bon luy semblera, pendant le temps de sept années consecutives, à commencer du jour qu'il sera achevé d'imprimer, iceluy vendre & distribuer par tout nostre Royaume. FAISONS tres-expresses inhibitions & défenses à tous autres Libraires, Imprimeurs, & autres, d'imprimer, faire imprimer, vendre & distribuer ledit Livre sous quelque pretexte que ce soit, mesme d'impression étrangére & autrement, ſans le conſentement dudit expoſant ou de ſes ayans cauſe, ſur peine de confiſcation des exemplaires contrefaits, quinze cens livres d'amende, dépens, dommages & intereſts : à la charge de mettre deux exemplaires en noſtre Bibliotheque publique, vn autre en noſtre cabinet des livres de noſtre Château du Louvre, & vn en celle de noſtre tres-cher & feal Chevalier Chancelier de France le ſieur Seguier, à peine de nullité des preſentes. Du contenu deſquelles vous mandons & enjoignons faire joüir l'expoſant & ſes ayans cauſe, pleinement & paiſiblement, ceſſant & faiſant ceſſer tous troubles & empêchemens au contraire : VOVLONS qu'en mettant au commencement ou à la fin dudit Livre l'extrait des préſentes, elles ſoient tenuës pour deuëment ſignifiées, & qu'aux copies collationnées d'icelles par l'vn de nos amez & feaux Conſeillers & Secretaires, foy ſoit ajoûtée comme à l'original : MANDONS au premier noſtre Huiſſier ou Sergent ſur ce requis, faire pour l'exécution des preſentes toutes ſignifications, défenſes, ſaiſies & autres actes requis & neceſſaires, ſans demander autre permiſſion. CAR tel eſt noſtre plaiſir : DONNÉ à Paris le 5. jour de Decembre l'an de grace 1667. & de noſtre Regne le 25.

Signé, Par le Roy en ſon Conſeil, COVPEAV.

Achevé d'imprimer pour la premiere fois le 20. Ianvier 1668.

DISCOVRS

DISCOVRS ACADEMIQVE

SVR LA COMPARAISON entre Virgile, & Homére.

E tous les ouvrages dont l'esprit de l'homme est capable, le Poëme epique est sans doute le plus excellent & le plus achevé, parce qu'il renferme toutes les perfections des autres. Et comme ce sentiment est avoüé de tous les Doctes, il n'y en a aussi presque pas-vn, qui ne convienne que les Poëmes d'Homére & de Virgile, ſont les modéles les plus parfaits qui ayent paru dans cette matiére. De ſorte, que juger lequel doit avoir la préférence ſur l'autre, c'eſt décider vne des plus importantes queſtions qui ſe puiſſent faire dans les Lettres, & prononcer ſur ce qu'elles ont de plus accomply : Et vne déciſion de cette conſéquence ne doit pas ſe faire légérement & avec précipitation.

Il faut avouër que tous les Savans croyent s'attirer de la conſidération, & ſe faire honneur en prenant le parti d'Homére, & en luy donnant l'avantage : Car il paroît vn certain air de ſuffiſance plus grande à ſe déclarer pour le merite qui demande plus de capacité, & de penétration pour eſtre connu. Et parce qu'il faut vne plus profonde érudition pour connoiſtre Homére, que pour connoiſtre Virgile ; on croit ſe diſtinguer du commun en ajugeant le prix au premier, & s'acquerir par-là vne ſupériorité de lumiére, qui contente fort l'ambition de ceux qui ſe picquent de ſcience. C'eſt vn préjugé dont il ſeroit bon que les gens habiles ſe pûſſent défaire ; On eſt quelquefois plus capable de juger quand on ne croit pas l'eſtre, & c'eſt ſe donner de l'autorité en cette matiére, que de n'en point prendre : car ſouvent la preſomption oſte à l'eſprit la liberté de juger avec indifférence. C'eſt le parti que je prens pour mieux examiner les choſes, & pour ne me point expoſer à la préoccupation, je déclare que je ne prétens que propoſer mes doutes & mes ſcrupules ſur les Poëmes de ces deux grans Perſonnages, & m'inſtruire par les lumiéres des autres, ſans me mêler de décider.

Ie ne diray point ce qui, peut-eſtre, a déja eſté dit dans cette Aſſemblée, qu'Homére a vn plan bien plus vaſte que celuy de Virgile ; qu'il a vne plus grande étenduë de caractéres ; qu'il peint mieux les choſes ; que ſes réflexions ſont plus morales & plus ſentencieuſes ; que ſon imagination eſt plus riche ; qu'il a vn eſprit plus vniverſel ; qu'il eſt de toutes les profeſſions, Poëte, Orateur, Philoſophe, Artiſan, quand il luy plaiſt ; qu'il y a plus de varieté, dans l'ordonnance de ſa fable; qu'il a plus de cette impétuoſité de génie, qui rend le Poëte excellent & accompli ; que ſon expreſſion eſt plus délicate, & ſon naturel plus heureux; que ſes vers ſont plus pompeux & plus magnifiques, & qu'ils rempliſſent bien plus agréablement l'oreille par leur nombre & par leur cadence, quand on ſçait connoître la beauté de ſa verſification. Mais quand tout cela ſeroit vray, & que j'en conviendrois, je prétens que ce ne ſeroit juger d'Homére & de Virgile que par leur ſuperficie, ſi l'on n'en jugeoit que par-là, puiſqu'ils ont bien d'autres choſes plus eſſencielles qu'il faut examiner. Si l'on veut approfondir cette matiére, il faut ſavoir ce que c'eſt que Poëme Epique, & quelle eſt ſa matiére, ſa forme, & ſa fin. L'Epopée, dit Ariſtote en ſa Poëtique, eſt vne imitation ou vne peinture d'vne action illuſtre μίμησις τῶν σπουδαίων. Ce qu'elle a de commun avec la Tragédie. Mais celle-cy imite par la repréſentation, & l'autre par la narration: ainſi ſa matiére eſt vne action heroïque, ſa forme eſt la fable, ſa fin eſt de ſervir d'inſtruction aux Princes & aux Grans. Examinons les Poëmes d'Homére & de Virgile ſur ces régles, & ſur ces principes, pour ne nous pas méprendre: ne regardons plus ces grans ouvrages par morceaux, n'examinons plus les epithétes, les deſcriptions, & les comparaiſons d'Homére, ce n'eſt que ce qu'il y a de ſuperficiel: voyons ce qu'il y a d'eſſenciel dans le deſſein, & dans l'exécution; & pour agir avec méthode, arreſtons-nous à l'ordre des parties du Poëme Epique, qu'Ariſtote rapporte au chapitre ſeptiéme de ſa Poëtique, qui ſont la fable, les mœurs, les ſentimens, & les paroles: faiſons la comparaiſon d'Homére & de Virgile, par ces régles & dans cét ordre.

Commençons par la fable, & conſidérons l'vne & l'autre pure & ſimple, & ſans ſes Epiſodes. La fable de l'Iliade eſt, qu'vn des Chefs de l'armée des Grecs mécontent du Général ſe retire de l'armée ſans écouter ſon devoir, ſa raiſon ni ſes amis, abandonne l'intéreſt public, & celuy de l'Etat, pour ſuivre l'impétuoſité de ſon reſſentiment ; les ennemis profitent de ſon abſence, remportent de grans avantages ſur les Grecs ; on tuë ſon meilleur ami, il reprend les armes pour venger ſa mort, & la paſſion luy fait faire ce que la raiſon n'avoit pû gagner ſur luy ; Et, enfin, il tuë le Chef des Troyens. Voilà la fable de l'Iliade ſéparée des Epiſodes, & dépoüillée des ornemens. Voici celle de l'Eneïde.

Vn Prince eſt contraint de s'enfuïr par le renverſement de l'Etat de ſon pére, & de chercher par le monde vn autre établiſſement : Il fait ſes Dieux & ſon pére compagnons de ſa fuite. Les Dieux touchez de cette pieté, s'intéreſſent à l'établir mieux qu'il n'eſtoit, dans le plus beau païs du monde, & il devient le fondateur de l'Empire le plus floriſſant qui fût jamais.

Faiſons la comparaiſon de ces deux fables, & meſurons la grandeur de ces deux Héros, par celle de leur action. Le motif d'Achille eſt vne paſſion ; celuy d'Enée eſt vne vertu. L'action d'Achille eſt pernicieuſe à ſon païs & aux ſiens, comme Homére l'avouë οὐλομένην : celle d'Enée eſt vtile &

glorieuſe. Celle d'Achille eſt l'occaſion de la mort de Patrocle ſon meilleur ami ; celle d'Enée eſt la liberté de ſes Dieux, & de ſon pére, & le ſalut des ſiens : l'vne eſt héroïque, c'eſt-à-dire, au-deſſus de la vertu ordinaire de l'homme ; c'eſt ainſi qu'Ariſtote dans ſa Morale définit la vertu héroïque ὑπὲρ ἄνθρωπον : L'autre n'eſt pas meſme raiſonnable, & porte en ſoy vn caractére de férocité, qui, ſelon Ariſtote, eſt le vice oppoſé à l'héroïſme, s'il eſt permis d'vſer de ce terme : Car comme il eſt au-deſſus de l'homme, ſon contraire doit eſtre au-deſſous. L'action d'Enée a vne fin plus parfaite que celle d'Achille, elle termine les affaires par la mort de Turnus, celle d'Achille ne les termine pas, & le ſiége de Troye dure encore vn an; ce qui a donné lieu à Quintus Calaber & à Triphiodorus deux tres-ſavans Critiques de l'Antiquité, de dire, que l'Iliade eſt imparfaite, parce que la mort d'Hector n'eſt point vne déciſion des choſes, ce n'eſt qu'vn obſtacle oſté à la déciſion ; & ainſi de toutes les maniéres & de tous les coſtez qu'on regarde l'Eneide, on trouvera que la fin en eſt plus heureuſe, & plus parfaite que celle de l'Iliade. Mais ſi l'on conſidére combien il y a d'invention & d'eſprit à avoir choiſi vn ſujet qui fait deſcendre du ſang des Dieux les Romains, & ſur-tout Auguſte qui regnoit dans le temps meſme que le Poëte écrivoit, & qu'il le flatte ſi agréablement par la promeſſe d'vn Empire qui doit eſtre éternel, quelle beauté, quelle grandeur, quelle perfection, quelle excellence, ne trouvera-t-on point dans le choix de Virgile, & que peut-on trouver de comparable à toutes ces qualitez dans celuy d'Homére ? Enfin, comme jamais Auteur n'a plus fait d'honneur à ſon païs, par ſon ouvrage, que Virgile en a fait au ſien en donnant aux Romains vne origine divine, & vne poſtérité éternelle dans l'ordre des deſtins, on peut dire qu'Homére à deshonoré le ſien d'avoir pris pour ſon Héros, celuy qui a tant fait périr de Héros dans ſon armée pour les ſacrifier, s'il faut ainſi dire, à ſon reſſentiment :

Πολλὰς δ' ἰφθίμους ψυχὰς ἄϊδι προΐαψεν Ἡρώων.

D'où l'on peut conclure que la matiére du

du Poëme de Virgile eſt plus heureuſe, ſon ſujet plus avantageux pour luy & pour ſon païs, & par conſéquent ſon choix plus ſage & plus judicieux.

La ſeconde des parties qui compoſent l'Epopée, eſt l'ordonnance de la fable, qui conſiſte en trois choſes ; en l'arrangement des Epiſodes avec l'action principale, au tempérament juſte du vray-ſemblable & du merveilleux, & en l'ordre naturel des matiéres ; qui ſont trois qualitez tellement eſſencielles au Poëme, qu'il ne peut eſtre entiérement accomply ſans elles. C'eſt ce qu'Ariſtote appelle σύνθεσις τῶν πραγμάτων. Examinons Homére & Virgile ſur l'ordonnance de leurs Poëmes, & voyons de quelle maniére ils ont ménagé les Epiſodes avec l'action principale, qui eſt la premiére partie de cette ordonnance.

L'Epiſode eſt vne eſpéce de digreſſion du ſujet; ainſi elle ne doit pas eſtre longue, pour y bien obſerver les proportions ; elle ne doit pas eſtre contrainte, forcée, ni tirée de loin, pour ne pas eſtre étrangere. Enfin, elle ne doit pas eſtre trop fréquente, pour ne pas faire vne confusion de matiéres. Homére commence l'Odyssée, qui est son Poëme le plus parfait, par vn Episode de quatre livres ; il sort de son sujet sans y estre presque entré, & pour faire vn bâtiment régulier, il commence par vn ouvrage hors d'œuvre, afin de disposer le retour d'Vlisse à Itaque qui est son païs, & ce retour estant l'action principale, Pallas conduit Telemaque dans toutes les Cours de la Grece pour chercher son pére. Virgile a-t-il rien de pareil dans ses Episodes, qui sont tous si proportionnez au sujet principal : comme celuy de Camille, celuy de Pallas & d'Evandre, celuy de Nise & d'Euriale, & les autres ? Celuy de Didon mesme, qui est le plus grand, & le plus étendu de tous, n'est jamais détaché de la personne du Héros : c'est luy qui parle & qui raconte ses voyages, il ne sort presque point de son sujet, sans faire des retours fréquens sur luy-mesme. Il n'en est pas ainsi de l'Iliade & de l'Odyssée, on y perd de veuë, durant plusieurs livres, Achille & Vlisse qui en sont les Héros, & on y fait beaucoup de chemin sans les rencontrer ; ce qui n'arrive jamais dans l'Eneïde. Ie laisse à examiner à ceux qui voudront s'en donner le loisir, si les Episodes d'Homére ne sont pas plus forcez & moins naturels que ceux de Virgile. Quel rapport a la blessure que Mars reçoit de Dioméde, à la colére d'Achille? Homére s'étend sur cette aventure, au cinquiéme de l'Iliade sur la fin, Mars qui pleure comme vn enfant, vient faire ses plaintes à Iupiter, qui le maltraite par des railleries piquantes; on appelle Pæan, le Medecin des Dieux, pour le guérir; la Déesse Hebé s'en mêle: le Poëte qui trouve cét endroit beau le pousse à toute outrance; il badine là-dessus, & feroit pitié sans le respect dont on est prévenu pour la grandeur de son génie. Mais sans s'amuser à ce détail qui seroit infini, Virgile ne sort jamais de son sujet. Homére, par la multiplicité de ses Episodes, en sort presque toûjours, il s'abandonne trop à l'impétuosité & à l'intempérance de son imagination qu'il suit sans discernement; il est comme ces voyageurs qui ont bien du chemin à faire, & neantmoins tout les arreſte & les amuſe; il ne ſe donne point de coup d'épée, dans l'ardeur du combat, ſans qu'il en prenne occaſion de conter des hiſtoires, & de faire des genealogies.

La ſeconde partie de l'ordonnance du ſujet, qui eſt le juſte tempérament du merveilleux avec le vray-ſemblable, eſt auſſi fort eſſencielle au Poëme Epique, qui doit avoir de l'admirable pour toucher le cœur des Grans, & pour les animer aux grandes choſes; mais qui doit eſtre vray-ſemblable pour ne les pas deſeſpérer, & pour ne les pas empécher d'avoir de l'émulation. L'Hiſtorien doit ſuivre la vérité des événemens: mais la vérité eſtant quelquefois trop forte pour eſtre imitée, elle ne peut pas toûjours eſtre ſi propre pour ſervir de matiére au Poëme Epique, que le vray-ſemblable qui a plus de proportion aux choſes que les hommes ont coûtume de faire. Par exemple, l'action de Samſon qui défit les Philiſtins avec vne mâchoire d'âne, eſt vne action héroïque, mais elle ne peut eſtre le ſujet du Poëme Epique; car bien qu'elle ſoit vraye, elle n'eſt pas vray-ſemblable ; elle eſt trop merveilleuſe pour eſtre propoſée à imiter: il faut donc éviter cét excés par le juſte tempérament de la vray-ſemblance, ſans laquelle tout devient fabuleux & incroyable, & ne fait plus d'effet ſur les cœurs, qui ne ſe laiſſent toucher qu'à ce qui ne leur paroiſt pas impoſſible.

Homére n'a pas eſté plus heureux à ſuivre cette régle que celle dont j'ay déja parlé. Il ne laiſſe rien faire à ſon Héros, tout ſe fait par machine: ſi Priam a perdu Hector, il faut que ce ſoit Iupiter qui luy envoye ſa meſſagére, la Déeſſe Iris, pour luy inſpirer ſon devoir, & pour l'avertir de prendre ſoin du corps de ſon fils, & de le racheter des mains d'Achille. Ce pére ſi plein d'affection pour ce fils, ſi ſuperſtitieux pour obſerver les cérémonies qu'on faiſoit dans les funérailles, & pour ne pas laiſſer en proye aux oiſeaux ce dépoſt ſi précieux; n'eût-il pû y penſer de luy-meſme? il faut vne machine pour le faire ſouvenir qu'il eſt pére. Si Telemaque va chercher Vliſſe ſon pére dans le cœur de la Grece, il ne ſauroit faire vn pas ſans que Pallas l'aſſiſte. Elle le conduit par tout, & le fait penſer à tout, il ne fait rien, & ne penſe à rien de luy-meſme ; c'eſt vn grand enfant qu'vne gouvernante méne par la liſiére: l'honneur, le devoir, la nature devoient toucher ſon cœur, le faire agir, & luy donner de l'inquiétude pour vn pére abſent, depuis prés de dix-huit ans, ſans qu'il fuſt beſoin d'vn ſecours étranger, & ſans recourir à la machine ; c'eſt pourtant la maniére d'Homére d'y recourir toûjours: & pour ſe guinder afin d'eſtre merveilleux par tout, il ne laiſſe rien faire à la raiſon, à la paſſion ni à la nature. L'on peut dire qu'il met ſes Dieux à tous les jours, & que ce ſont de ces perſonnages de comédie qui ſont à-tout-faire. Mercure ſe fait cocher de Priam pour le mener à Achille demander le corps de ſon fils ; & pour ne le point expoſer aux coureurs, en arrivant au Camp des Grecs, Iupiter ſe ſert de Mercure pour les endormir : & pour préparer le cœur d'Achille par quelques ſentimens de compaſſion, il faut que Thetys le prévienne par l'ordre de Iupiter. Enfin, tout ſe fait par le miniſtére des Dieux, *per ambages, Deorúmque miniſteria.* On ne ménage ni leur ſang, ni la paix & la tranquilité de leur condition; ce ſont des forçats & des eſclaves qu'on met à tout. Ce n'eſt pas l'air de Virgile, qui obſerve ſi religieuſement le précepte d'Horace en ſa Poëtique,

Nec Deus interſit, niſi dignus vindice nodus
Inciderit.

Que les Dieux ne ſe mêlent de rien dans l'action, ſi la choſe ne le mérite. C'eſt ainſi que ce Poëte ſi judicieux, fait intervenir Mercure, au quatriéme de l'Eneïde, pour tirer Enée de l'embarras terrible où il eſt, ſa foy donnée à Didon le retient à Cartage, les deſtinées de ſon fils, & cét Empire du monde promis par les Dieux, le preſſent de partir; il a de la peine à manquer de fidélité, il faut vn ordre d'enhaut, & vne puiſſance ſupérieure pour le tirer de cét embarras, il y a néceſſité que quelque Dieu parle pour ſurmonter cét engagement; Venus apparoît à ſon fils au premier de l'Eneïde, elle luy apprend en quel païs il eſt, & l'aventure de ſes compagnons, elle luy marque les chemins. Virgile, direz-vous, n'euſt-il pas pû faire cela par vn Berger, par vn Chaſſeur, ou par quelque autre perſonne? Non, dans la conjoncture des choſes, il eſtoit néceſſaire que ce fuſt vne divinité, pour relever le courage d'Enée qui venoit d'eſtre battu d'vne furieuſe tempeſte, qui avoit veû périr devant ſes yeux trois navires de ſa flotte, & qui avoit eſté pouſſé par l'orage ſur vn rivage deſert, abandonné de tout ſecours humain, & réduit preſque au deſeſpoir. Il eſtoit bon que le Poëte ne le laiſsât pas dans cette extrémité, & il eſt vray-ſemblable que ſa mére devoit prendre le ſoin de l'encourager, & de luy apprendre ce qu'il avoit à faire; ſes Dieux devoient s'intéreſſer pour luy, puiſque ſa piété luy faiſoit prendre tant de ſoin de l'intéreſt des Dieux, & puiſqu'ils eſtoient les compagnons de ſon exil & de ſa fuite. D'ailleurs, outre que toutes les machines de Virgile ſont plus fondées en raiſon, & en vray-ſemblance, que celles d'Homére, elles ſont moins fréquen-

tes,

tes, plus naturelles, & moins forcées ; quand on se donnera le loisir de les examiner les vnes aprés les autres, & le ménagement du ministre des Dieux est bien plus proportionné à leur rang & à leur condition, & incomparablement plus judicieux dans Virgile que dans Homére, que Dion Chrysostome appelle pour cette raison χαλεπώτατα ψευδόμενος.

La troisiéme partie de l'ordonnance de la fable est l'arrangement des matiéres, & l'ordre des événemens ; c'est ce qu'Horace recommande sur toutes choses au Poëte,

Vt jam nunc dicat jam nunc debentia dici,

& il prétend que toute la beauté & toute la perfection d'vn ouvrage consiste en cét ordre,

Ordinis hæc virtus erit & venus.

La grace & l'agrément des choses ne peut venir que de cét arrangement, & pour ne me pas étendre icy sur le détail qui s'y pourroit rapporter, je m'arréteray seulement à faire la comparaison des jeux que fait Achille dans le vingt-troisiéme de l'Iliade, pour la mort de Patrocle, avec ceux que fait Enée pour l'apotheose d'Anchise au cinquiéme de l'Eneïde.

Les jeux ſont du nombre de ces actions, qui peuvent ſe rencontrer dans la vie des Héros, & qui peuvent eſtre auſſi des matiéres du Poëme héroïque, parce que ce ſont des occaſions de magnificence qui eſt vne des qualitez qui compoſent le Héros. Virgile fait les ſiens au cinquiéme pour divertir l'imagination du Lecteur, du funeſte objet de la mort de Didon qu'il venoit de repréſenter au quatriéme, & pour ſe délaſſer luy-meſme en délaſſant ſes Héros, & ceux qui liſent ſon ouvrage: ce ſont de ces ſortes de plaiſirs qui pour réüſſir doivent eſtre en leur place, les jeux n'euſſent pas eſté bien placez au ſecond ni au troiſiéme livre, c'euſt eſté ſe délaſſer trop toſt. Homére fait les ſiens au vingt-troiſiéme livre, il n'eſt plus temps, on eſt trop las, il ne faut plus s'amuſer à rien pour arriver plûtoſt: c'eſt comme ſi vn voyageur qui revient des Indes à Paris, aprés avoir eſté deux ans en ſon voyage, s'amuſoit vn mois entier à Dieppe ou à Rouën à jouër au tric-trac, ou à voir la Comédie; cela ne ſeroit nullement judicieux, & en vérité Homére devoit agir plus ſerieuſement ſur la fin de ſon ouvrage : car apparemment il devoit eſtre aſſez fatigué pour ne s'éloigner pas de ſon terme, en eſtant ſi proche. Il y a vne infinité de choſes tout-à-fait incroyables dans la repréſentation de ces jeux, & les tenans y font des diſcours qui traînent, & qui épuiſent la patience des Lecteurs.

C'eſt de la meſme maniére que les quatre premiers livres de l'Odyſſée ne ſont pas en leur place; c'eſt débuter par vn Epiſode de trop longue haleine, qui pouvoit ſe placer ailleurs, & n'eſtre pas ſi long : Virgile eſt plus heureux dans l'arrangement de ſes matiéres, & dans l'ordonnance générale & particuliére de ſon ouvrage.

Les moeurs doivent ſuivre l'ordonnance de la fable dans le projet d'Ariſtote ; c'eſt la troiſiéme qualité du Poëme ; ce n'eſt point la morale du Poëte qu'il faut entendre par ces moeurs, c'eſt celle des Acteurs & des perſonnages qui doivent entrer dans l'action. Quelle différence trouverons-nous ſur ce point, entre nos deux admirables

Poëtes: les Rois, & les Princes ſe diſent des injures de crocheteurs dans l'Iliade, Agamemnon traitte Chryſes grand Preſtre (qui luy demande ſa fille avec reſpect & avec des préſens) en extravagant & en impie, luy diſant qu'il n'auroit aucune conſidération pour les marques extérieures de ſon Sacerdoce, par leſquelles il devoit attirer ſon reſpect. Ce Preſtre ne parle pas en plus homme de bien, il demande à Apollon qu'il perde les Grecs pour venger ſon reſſentiment: cela eſt peu charitable, peu digne de celuy qui doit prier pour le peuple, & pour la conſervation de l'Etat. Vliſſe, qui eſt vn Héros ſage, prudent, & qu'Homére propoſe comme le modéle de la ſageſſe, ſe laiſſe enyvrer par les Pheacins, enquoy Ariſtote & Philoſtrate reprennent Homére. Priam ne parle nullement en pére au vingt-quatriéme de l'Iliade; il maltraitte ſes autres enfans pour exprimer la douleur qu'il a de la mort d'Hector.

Σπεύσατέ μοι κακὰ τέκνα κατηφόνες.

Il ſouhaitte de les voir tous morts, pourveu que ſon fils Hector revive; Enfin, les bien-ſeances ne ſont gardées preſque en aucun lieu, les péres y ſont durs & cruels, les Héros foibles & paſſionnez, les Dieux miſérables, inquiets, quérelleurs, qui ne peuvent ſe ſouffrir, & qui n'avoient encore rien de cette Philoſophie que Zenon & ſes Sectateurs enſeignérent depuis aux hommes pour les faire plus raiſonnables & plus parfaits que les Dieux de l'Iliade & de l'Odyſſée. Tout garde ſon caractére dans Virgile : Drance & Turnus s'y quérellent en perſonnes de qualité; La paſſion d'Enée & de Didon va aux derniéres extrémitez à la vérité, mais les bien-ſeances extérieures n'y ſont point bleſſées, les Dieux meſmes y ſont d'honneſtes gens. Et tout ce qui eſt de l'eſſence du devoir & de l'honneſteté, y eſt réligieuſement obſervé, Virgile s'eſtoit ſervi de cét admirable modéle qu'il avoit trouvé dans Térence, dont Varron dit qu'il avoit emporté l'avantage pour la bien-ſeance des mœurs ſur Cecilius & ſur Plaute. *In argumentis Cecilius palmam retulit; in moribus Terentius; in ſermonibus Plautus.* Il faut pardonner ce foible à Homére, il écrivoit en vn temps où les mœurs n'estoient pas encore formées. Le monde estoit trop jeune pour avoir des principes d'honnesteté & de bien-seance. La morale estoit plus accomplie & plus reconnuë du temps de Virgile, & en ceci son avantage sur Homére est tres-notable. Ie ne parle point de l'inhumanité d'Achille sur le corps d'Hector, aprés sa mort, il ne faut que voir ce qu'en dit Ciceron en ses Tusculanes, c'est au livre premier ; *Trahit Hectorem*, dit-il, *ad currum religatum Achilles, lacerari eum & sentire, credo, putat. Ergo hic vlciscitur, vt sibi videtur.* Ce plaisir n'est pas fort digne d'vn grand Héros.

Les sentimens, qui sont la quatriéme qualité, ont tant de rapport avec les mœurs, que les principes des vns sont ceux des autres, on peut dire mesme que les sentimens ne sont en effet que les expressions des mœurs : ainsi ce n'est pas merveille si Virgile a encore cét avantage sur Homére, ayant d'vne façon si singuliére celuy des mœurs, il a cette obligation, aussi-bien que l'autre, à son siécle dont l'esprit estoit plus juste & plus poly. Ainſi je ne m'arreſterai pas à vn long parallele de l'vn & de l'autre, je ne feray que remarquer quelques ſentimens d'Homére, d'où l'on peut juger des autres ; Au premier de l'Iliade Agamemnon dit pour vne des raiſons qui l'obligent à retenir Chryſeïs & à la preférer à Clytemneſtre,

Καὶ γάρ ῥα Κλυταιμνήστρης προβέβουλα
Κουριδίης ἀλόχου.

Voilà vn bon mary de préférer vne eſclave à vne Princeſſe qui eſtoit ſa femme !

Neſtor, dans le neufiéme de l'Iliade, dit à Agamemnon qui luy demande conſeil, qu'il en donnera vn incomparable, & que jamais perſonne, depuis que le monde eſt, n'a donné de conſeil plus ſage, ni plus excellent.

Οὐ γάρ τις νόον ἄλλος ἀμείνονα τοῦδε νοήσει,
Οἷον ἐγὼ νοέω ἠμὲν πάλαι, ἠδ' ἔτι καὶ νῦν.

Il fait bien valoir ſa marchandiſe, le bon homme, & en vérité il pouvoit eſtre plus modeſte, car ce conſeil n'eſt pas ſi grand' choſe, le moindre ſoldat de l'armée l'euſt donné, puiſqu'il n'alloit qu'à contenter Achille. Achille, fils de Neſtor, dans le vingt-troiſiéme, parle à ſes chevaux, & les conjure de s'efforcer pour ſurmonter Dioméde & Menelaüs dans les jeux qui ſe faiſoient pour la mort de Patrocle, avec vne chaleur de diſcours la plus animée du monde. Il raiſonne avec eux d'vne maniére puérile, il leur dit, que Neſtor ſon pére ſe défera d'eux, ou qu'il les fera égorger s'ils ne font leur devoir. Enfin, il fait l'Orateur pathétique avec des beſtes.

Au cinquiéme de l'Iliade, Iupiter dit à Mars, aprés que Dioméde l'eut bleſſé, qu'il luy eſtoit le plus inſupportable des Dieux; qu'il méritoit bien le malheur qui luy eſtoit arrivé, pour avoir ſuivi les conſeils de ſa mére Iunon, de qui l'eſprit eſtoit intraittable & incorrigible comme le ſien; quelles douceurs du Prince des Dieux à ſa femme! quelle conſolation pour Mars qui venoit d'eſtre bleſſé! Il faudroit faire des livres ſi l'on vouloit remarquer tout. I'oubliois à dire que Virgile eſt toûjours ſerieux comme le demande le Poëme Epique, dont la matiére doit toûjours tenir du noble & de l'élevé, & jamais ne dégénérer dans le familier. Homére devient quelquefois badin, il il tourne les choſes d'vn air burleſque, & ſe dégrade luy-meſme, ſi je l'oſe dire, de cette majeſté qui eſt attachée à ſa matiére; comme quand il donne la comédie aux Dieux, & qu'il leur fait voir au huitiéme de l'Odyſſée, Mars & Venus pris dans les filets de Vulcain; il en fait des bouffons; le combat d'Irus avec Vliſſe au dix-huitiéme de l'Odyſſée, tient fort auſſi du burleſque, de-meſme que le caractére de Therſite & la bleſſure de Venus dans l'Iliade. Iamais Virgile ne quitte ſon rang, il eſt toûjours grand, toûjours élevé, il ne s'abaiſſe jamais à faire le plaiſant, & à badiner en ſe familiariſant contre la bien-ſéance de ſon caractére.

Les paroles font la cinquiéme partie, c'eſt où Homére triomphe, & c'eſt ce qu'il a de plus accomply, on ne peut luy diſputer cela. C'eſt auſſi ce qui a rendu Sophocle, qu'on reconnoît pour le Prince de la Tragédie, ſon admirateur perpetuël, & ſon imitateur le plus exact, à-cauſe dequoy les Critiques l'ont appellé φιλόμηρον. Longin, dans ſon livre περὶ ὕψους, propoſe Homére, pour ſa diction, comme l'idée la plus achevée de la majesté du stile. Platon, pour cette mesme raison, l'appelle, au dixiéme de sa République, le Prince des Poëtes tragiques, ἡγέμον ἁπάντων τῶν τραγικῶν. Pindare, dans l'Ode septiéme des jeux Néméens, ne le louë & ne l'admire que pour son discours. Enfin, on peut dire que c'est par-là qu'il a imposé à toute l'Antiquité, & que l'élégance & la beauté de ses paroles a esté le charme & l'enchantement qui luy a fait mériter l'admiration de tous ceux qui ont eu quelque connoissance des Lettres, & qui luy a attiré l'estime & la considération de tous les Savans. La raison en est, ce me semble, que comme la poësie n'est agréable & brillante que par son expression, qui est la meilleure partie de sa beauté, Homére, qui a excellé sur tous les Poëtes par la richesse, l'élégance & la grandeur de son expression, a mérité par-là cette estime & cette considération parmi les habiles-gens, que tous les siécles ont euës pour luy. C'est pour cela qu'Eschyle dit, dans Plutarque, & dans Athenée, que ses tragédies ne sont que les miettes des grans festins d'Homére, μικρὰ τινα τεμάχια τῶν μεγάλων Ὁμήρου δείπνων ; qu'Aristide dit au troisiéme tome de ses oraisons, que jamais personne n'a mieux parlé, ἄριστος ἐπῶν ποιητὴς Ὅμηρος ; qu'Aristote a dit dans sa Poëtique, qu'il surpasse tous les autres par son expression, & par ses pensées, πρὸς τούτοις Ὅμηρος περὶ τοὺς ἄλλους λέξει καὶ διανοίᾳ πάντας ὑπερβέβληκε. Aristophane, dans les Grenoüilles, Démocrite chez Dion Chrysostome *orat. de Homero*, Dion Chrysostome luy-mesme, Denys d'Halicarnasse *de constructione nominum* : Hermogene dans ses Idées ; Hierocles dans ses Fragmens, chez Stobée : Iamblichus dans la vie de Pythagore : Moschus *Idyl* 3. Philostrate *in heroïcis* : Plutarque περὶ ἀδολεσχίας : Socrate dans vne des Epistres de Xenophon : Themistius dans son Oraison 16. Theodoret 12. *de curandis affectibus* : Thucydide dans l'Oraison funébre de Pericles : Xenophon dans son Festin, disent tous la mesme chose. Mais j'ay remarqué que tous ces grans-hommes dont je viens de parler, & tous ceux dont je ne parlé pas, n'ont donné ces grans Eloges à Homére, que pour la beauté de ſon diſcours, dont on ne le peut aſſez loüer; & en vérité, il mérite preſque, à-cauſe de cét avantage, d'avoir la préférence ſur Virgile qui eſt le plus ſage, le plus diſcret, & le plus judicieux de tous ceux qui ont jamais écrit. Voicy, toutefois, ce que j'ay remarqué qu'il peut y avoir à redire dans ſon diſcours.

Les tranſitions, qui doivent eſtre fort variées pour deſennuyer le Lecteur, ſont toutes ſemblables dans la plus grande partie de l'ouvrage: On n'en peut compter, tout-au-plus, que de dix ou douze ſortes dans l'étenduë de prés de trente mille vers, & ainſi vne meſme liaiſon ſe préſentant à chaque moment, dégoûte par vne ſi fréquente repetition; c'eſt ce qui a donné ſujet à Martial de railler du τὸν δ' ἀπαμειβόμενος, & de dire que les Muſes des Latins ne ſont pas tout-à-fait ſi libertines.

Qui Muſas colimus ſeveriores.

Les deſcriptions qui ſont ce qu'il y a de plus puérile; & de moins fort dans l'éloquence, y ſont trop fréquentes, & trop étenduës; & elles portent avec elles vn certain air d'affectation qui a du cacozele. La description du jardin d'Alcinoüs au septiéme, & celle du port d'Itaque au treiziéme de l'Odyssée, sont de ce caractére. La description du Port est de dix-huit vers, surquoy Porphyre a fait des commentaires περὶ τοῦ ἐν τῇ Ὀδυσσείᾳ τῶν νυμφῶν ἄντρου. Celle de l'Eneïde pour le port de Libye, n'est que de dix vers ; & c'est la plus grande de toute l'Eneïde pour la description d'vn lieu ; car Virgile décrit au troisiéme le mont Etna en trois vers ; Il est le plus réservé du monde dans les descriptions, & il ne se permet rien de ces puérilitez-là, qu'Horace traitte, en sa Poëtique, d'insupportables dans les matiéres sérieuses :

-- Cùm lucus & ara Dianæ
Et properantis aquæ per amœnos ambitus agros,
Aut flumen Rhenum, aut pluvius describitur arcus.

Et c'est dans les grans sujets, qu'il condamne ces sortes de descriptions de choses agreables, de bois, de ruisseaux, de l'arc-en-ciel, *&c.*

Incœptis gravibus plerumque & magna professis
Non erat his locus.

La réſerve & la prudence de Virgile eſt admirable en ce point, on ne voit rien de plus ſcrupuleux, il faut le ſuivre de bien prés, & le méditer, pour connoiſtre que ſon ſilence en de certains endroits eſt d'vne diſcrétion exquiſe: & quand on ſçait entrer dans ſon ſens, on le trouve quelquefois auſſi admirable dans ce qu'il ne dit pas, que dans ce qu'il dit. C'eſt vne loüange que Pline donne à ce Peintre admirable nommé Timanthe, dont il fait l'éloge au chapitre dixiéme du trente-cinquiéme livre de ſon Hiſtoire, *Timanthi plurimum adfuit ingenii in omnibus operibus ejus, intelligitur plus ſemper quàm pingitur.* Et plus bas il adjoûte, *rarum in ſeceſſu artis picturæ, vt oſtendat, etiam quæ occultat.* C'eſt icy l'endroit le plus admirable & la qualité éminente de l'eſprit & du jugement de Virgile, que peu de gens connoiſſent. Et quand on voudra comparer ſa parcimonie à dire les choſes, s'il faut ainſi parler, avec l'intempérance d'Homére, on fera vn grand discernement des caractéres de l'vn & de l'autre: car c'est en ceci, à mon avis, que consiste l'excellence d'vn ouvrage, qui n'est jamais plus parfait que quand on n'en peut rien retrancher, qu'en ostant quelque chose de nécessaire. C'estoit en cette perfection que consistoit le bon-sens si exquis qui régnoit à Rome du temps d'Auguste; qui estoit le caractére de tous les habiles-gens qui écrivoient alors, & que nous regardons comme les seuls modéles de la pureté du discours, de la sobrieté des paroles, & de cét air d'écrire admirable qui régne aujourd'huy. Nous avons vne preuve de cela dans l'ordre qu'Auguste donna, aprés la mort de Virgile, à Tucca & à Varus, pour revoir l'Eneïde, que son auteur avoit voulu faire supprimer: il leur permit d'en retrancher ce qui se pourroit oster sans faire tort à l'ouvrage : mais il défendit d'y rien ajoûter, & mesme d'achever les hemistiches qui manquoient à plusieurs vers, le goust de cét heureux temps estant d'estre sobre, & de parler peu. Lucréce, qui est si poly dans son discours, n'estoit pas encore

arrivé à cette perfection ; & Catulle, qui fut le premier des Romains, qui donna le le beau tour & l'élegance à la Langue, ne ſçavoit pas ce qu'Horace a tant prôné depuis aux Piſons. - *Prudens verſus reprehendet inertes*, - *ambitioſa recidet Ornamenta* -, - *luxuriantia compeſcat*.
Il ne répéte autre-choſe ; mais il a parlé trop-tard à-l'égard d'Homére, qui n'en a pû profiter ; il eſt dans des tavtologies, dans des redites non-ſeulement des meſmes paroles, mais auſſi des meſmes choſes, & dans des battologies perpetuëlles : c'eſt ce qui fait qu'il ennuye preſque toûjours, & que Virgile, par ſa retenuë à dire les choſes, & par ſon habileté à laiſſer penſer à ſon Lecteur ce qu'il ne dit pas, pour luy donner de l'action, & pour l'occuper, n'ennuye point-du-tout.

Il eſt vray qu'Homére eſt admirable en ſes Epithétes, & en ſes Adverbes, c'eſt ſon bel endroit : jamais imagination n'a eſté plus heureuſe, ni plus riche ; & c'eſt vne raillerie que le πόδας ὠκὺς qu'on veut qu'il répéte toûjours, c'eſt impoſer à Homére ; j'ay conté

conté plus de vingt ſortes d'autres Epithétes dans l'Iliade pour le ſeul Achille. Virgile eſt pauvre en comparaiſon pour ces ſortes d'ornemens, qui viennent du fonds riche & fecond de la Langue Grecque, la Latine au-prix d'elle eſt fort pauvre. Il eſt vray que l'on peut dire de cette parure extérieure, ce que quelqu'vn dit il y a quelque temps d'vn Grand de la Cour de France, que ſi on luy euſt oſté ſes canons & ſa perruque, il euſt eſté comme vn autre homme: car ſi on oſtoit à Homére ſes adverbes & ſes epithétes, il ſeroit comme vn autre Poëte, & c'eſt ſans doute ce qui le pare & ce qui fait ſa beauté.

Mais on ne peut rien dire de plus glorieux d'Homére, que ce qu'en dit Ariſtote, le plus ſage & le plus judicieux de tous les Critiques: il le propoſe pour le modéle du Poëme Epique, & il ne forme ſes préceptes, & ne fait les régles de l'Epopée que ſur l'Iliade & ſur l'Odyſſée. Il eſt vray que voilà ce qu'on peut dire de plus grand & de plus avantageux pour cét homme incomparable: mais comme Ariſtote n'avoit vû de ſon temps que deux méchans Poëmes, l'vn d'Hercule, & l'autre de Theſée, dont il parle en ſa Poëtique ; ce n'eſt pas de merveille s'il a pris pour modéle, ceux de l'Iliade & de l'Odyſſée, car les deux autres ſont plûtôt les vies d'Hercule, & de Theſée qu'vne action epique. C'eſt pour cela qu'Horace déclame ſi fort contre ces Poëtes qu'il appelle cycliques, *vt ſcriptor cyclicus*, parce que l'action doit eſtre vne & ſimple, & c'eſt en-quoy Virgile a encore l'avantage ſur Homére. Il eſt vray que l'Odyſſée & l'Iliade, ont l'vnité du temps plus parfaite, car l'action de l'Odyſſée ne dure, depuis le départ d'Vliſſe d'auprés de Calipſo, juſqu'à la reconnoiſſance, que quarante-cinq jours ; l'Iliade eſt de huit ou neuf mois ; & l'Eneïde d'vne année entiére. Mais l'vnité d'action eſt plus parfaite dans l'Eneïde, car aprés la mort d'Hector qui doit finir l'action, il y a encore deux livres dans l'Iliade, le vingt-troiſiéme, qui contient les jeux pour la mort de Patrocle, & qui ne ſervent de rien à l'action principale ; & le vingt-quatriéme, qui contient les pleurs des Troyens, & la rançon du corps d'Hector, qui ſont hors-d'œuvre, l'action principale eſtoit complé-te ſans cela. L'Eneïde finit par la mort de Turnus qui eſt la fin de l'action, Virgile ne pouſſe pas les choſes plus-loin, il ſçavoit bien qu'il auroit fait vne faute, s'il ne ſe fuſt pas arreſté-là.

Il y auroit encore mille choſes à obſer-ver ſur l'vn & ſur l'autre, comme la délica-teſſe de Virgile au-deſſus de celle d'Homé-re, qui ne penſe rien délicatement; Cette Apotheoſe d'Anchiſe au cinquiéme, qui flatte ſi fort Auguſte & les Romains; ces familles Romaines les plus illuſtres, mar-quées allégoriquement dans les combats du meſme livre, dont Binius explique le myſté-re, & l'application dans ſes Commentaires ſur Virgile. Cét endroit ſi délicat du ſixié-me *excudent alii*: car il donne aux Grecs la gloire de l'eſprit, & aux Romains celle de l'autorité. Le *littora littoribus contraria* du quatriéme, qui fait vn effet ſi admirable pour la guerre des Carthaginois & des Ro-mains; la mort de Marcellus du ſixiéme, qui fit tant d'impreſſion ſur l'eſprit & ſur le cœur d'Octavie sa mére, qu'elle tomba en foiblesse, au seul récit que Virgile en fit en la présence d'Auguste. Les plaintes de Didon qui ont tant de fois fait pleurer Saint Augustin, comme il l'avouë luy-mesme dans ses Confessions; Il n'est pas si fort touché d'Homére, qu'il n'appelle que *dulcissimè vanus*, & il est vray que Virgile est plus passionné & plus touchant. Ie ne parle point de cét endroit admirable du second de l'Eneïde,

Iliaci cineres & fata extrema meorum,
Testor in occasu vestro, &c.

ni de quantité d'autres qui sont autant de miracles de l'art, & dont on ne se peut appercevoir sans beaucoup de lumiére. Les esprits du commun reconnoissent aisément tous les defauts d'vn ouvrage, mais il n'y a que les plus éclairez qui en connoissent les beaux endroits; Car il faut plus de pénétration & de délicatesse d'esprit pour découvrir ce qui est le plus excellent d'vn ouvrage, que pour s'appercevoir de ce qui choque. Il y a bien des gens qui se meslent de juger de Virgile, sans connoistre mesme la beauté de ſon caractére, & ſans en pouvoir faire le diſcernement. Il y a mille endroits languiſſans dans Homére, qui ne ſont mêlez d'aucune variété; c'eſt ainſi qu'eſt le dénombrement de la flotte des Grecs, tout y eſt d'vne meſme maniére, & toutes les eſcadres ſont terminées par vn meſme vers,

μέλαιναι νῆες ἕποντο.

Tout y eſt ennuyeux. Ie ne répéteray point ces emportemens qu'il a à dire des choſes incroyables & monſtruëuſes; ce qui a fait dire à Dion Chryſoſtome dans vne Oraiſon qu'il a faite du ſac de Troye, qu'Homére eſt le plus hardy de tous les hommes à dire des fauſſetez, ἀνδρειότατος τῶν ἀνθρώπων περὶ τὸ ψεῦδος. Cela meſme obligea Platon de l'exclure de ſa République. Ie ne parle point de la paſſion de Didon, jamais l'éloquence n'a mis en œuvre tout ce qu'elle a d'artifice, plus ingénieuſement, ni avec plus de ſuccés; tous les degrez de cette paſſion, & tous les redoublemens de cette affection naiſſante, ſont dévelopez d'vne maniére qui donne de l'admiration aux plus habiles, & plus on a d'habileté, & plus on a auſſi de diſpoſition à connoiſtre l'excellence de cét endroit, & à en admirer toutes les parties ; c'eſt le chef-d'œuvre de l'Antiquité que la deſcription de cette aventure, tout y eſt délicat & paſſionné, & jamais il ne s'en verra de plus accomplie. Le Taſſe a des endroits plus brillans, comme celuy de l'aventure de Tancréde & de Clorinde ; mais quand on le conſidére bien de tous coſtez, toutes les proportions avec l'action principale, n'y ſont pas ſi juſtement gardées que dans celle de Didon. Il eſt vray qu'on objećte qu'elle eſtoit femme-de-bien, & que Virgile l'a défigurée en luy donnant tant de paſſion contre ſon vray caractére ; mais il a eu la prudence de prendre des précautions pour prévenir les eſprits là-deſſus ; il a fait jouër la machine, Venus & Cupidon s'en ſont mêlez, ils ont meſme crû devoir employer tout leur artifice pour ſurmonter ce que la réputation diſoit de bien de cette Princeſſe, & c'eſt le ſujet de la plainte de Iunon à Venus :

Egregiam verò laudem & ſpolia ampla refertis,

Túque, puérque tuus, magnum & memorabile nomen,
Vna dolo divûm si fœmina victa duorum est.

Le caractére de Sinon au deuxiéme de l'Eneïde, & celuy de Mezence au huitiéme & au dixiéme, sont de pareille force que celuy de Didon. Il est vray qu'Homére en a beaucoup plus, & d'vne plus grande varieté que Virgile : mais ceux que Virgile a voulu achever sont plus achevez que ceux d'Homére, & il a trouvé le secret de les mieux marquer.

On peut encore objecter pour Homére, qu'il est plus sentencieux, & plus moral que Virgile, j'en conviens : car cela est si vray, que l'on a fait vn gros volume des Sentences qu'on a recueillies d'Homére : mais je prétens, avec Heinsius dans sa Poëtique sur Aristote, que ces refléxions sentencieuses de Morale, sont plûtost du genre de la Tragédie, que de celuy du Poëme Epique, dont le caractére le plus essenciel est a narration διηγηματικόν, qui doit estre simple, sans affectation de figures, naturel, & sans refléxions. C'eſt pour cette raiſon que Tite-Live eſt vn Hiſtorien plus accomply que Tacite, parce qu'il a moins de refléxions, qui ont plus de rapport & de proportion au Théâtre, qu'à l'Hiſtoire & à la narration. Ainſi, les ſentences, & les réfléxions morales, ſont vne beauté défectueuſe dans le Poëme Epique, par-ce qu'elles ne conviennent pas avec le caractére principal & eſſenciel du Poëme. Il eſt vray que comme le Poëte fait parler ſes acteurs en racontant les choſes, il peut y meſler quelques réfléxions, ſobrement toutefois, mais il n'en doit point faire, quand il parle luy-meſme, ſi ce n'eſt fort rarement. On peut imiter en cela Tite-Live, qui dans le corps de ſon Hiſtoire n'en meſle preſque jamais, mais il ſe réſerve d'en faire dire à ceux qu'il fait parler. Il faut que le Poëte les laiſſe échaper, ſans affecter de les dire, bien-moins de les répandre par-tout. L'on peut trouver à redire qu'Homére l'ait trop fait: & c'eſt ſe méprendre que de vouloir l'eſtimer en cela; puiſque cette affectation eſt aſſurément vne imperfection.

Il reſte encore vne choſe que l'on peut dire à l'avantage d'Homére, pour luy donner la préférence ſur Virgile, qui eſt la gloire de l'invention ; car il eſt le modéle ſur lequel Virgile s'eſt formé; je l'avouë, & je ne prétens pas diſputer cét avantage à Homére. Mais l'on doit obſerver, que comme Ariſtote fait mention dans ſa Poëtique d'vne petite Iliade, que Suidas donne à Antimachus, & Pauſanias à Machaon, & qui eſtoit l'abrégé de la grande ſur laquelle il y a apparence qu'Homére l'a formée, l'on peut déja juger qu'il n'a pas la gloire toute-pure, ni toute-entiére, de l'invention. Outre cela, nous liſons dans Athenée au livre treiziéme qu'vn certain Hegeſionax avoit écrit en vers ce qui s'eſtoit paſſé au ſiége de Troye. Ciceron fait mention auſſi d'vn nommé Caliſthéne, qui avoit écrit ſur le meſme ſujet ; & Suidas rapporte que Corinnus, qui eſtoit diſciple de Palaméde, avoit de-meſme écrit en vers vne Iliade, du temps que Troye fut priſe ; & qu'vn autre Poëte, contemporain d'Homére, nommé Syagre, avoit encore écrit ſur cette matiére; que tous ces ouvrages furent supprimez par les soins d'Homére pour se conserver tout-seul dans la postérité, & y passer pour premier Auteur de l'Iliade; & comme les autres ont esté son modéle, ainsi qu'il a esté celuy de Virgile, il seroit à souhaitter de pouvoir connoître s'il a esté aussi heureux à copier les autres, que Virgile l'a esté à le copier.

On doit aussi convenir qu'Homére a le mesme avantage sur Virgile pour sa Langue, que la Langue Latine a sur la nostre; & mesme plus grand, à-cause de la richesse, de l'abondance & de la délicatesse de la Langue Grecque qui a vn tour plus beau, vn air plus brillant, & vn son de paroles bien plus résonnant & plus proportionné à la Poësie, que la Langue Latine. Il faut encore demeurer d'accord qu'il a plus de vivacité d'esprit, vne imagination plus grande, & plus magnifique, vn fonds d'invention plus riche & plus somptuëux; vne plus vaste étenduë de matiéres, & qu'il fait voir bien plus de païs à ses Lecteurs, que Virgile; mais son esprit l'emporte presque toûjours, il n'en eſt pas ſi fort le maiſtre, que Virgile l'eſt du ſien ; & c'eſt ce defaut qui luy a fait faire cette faute ſi eſſencielle, que de faire deux livres dans l'Iliade, aprés le dénouëment de l'action, qui eſt la mort d'Hector, & vn, aprés celuy de l'Odyſſée, qui eſt la reconnoiſſance d'Vliſſe & de Pénélope. Il péche dans l'vn & dans l'autre Poëme contre l'vnité d'action : car il finit par des Epiſodes, ce qui eſt contre les régles de l'art ; tout Poëme, tant Epique que Dramatique, doit finir par le dénouëment de l'action, & c'eſt ce dénouëment qui doit terminer les choſes, on ne peut y rien ajoûter ſans s'expoſer à faire vne extravagance dont il eſt difficile d'excuſer Homére.

Il ſeroit à ſouhaitter pour ſe ſatisfaire dans vne entiére comparaiſon de ces deux grans-hommes, de faire vn parallele du commencement de l'Iliade, & de celuy de l'Odyſſée, avec celuy de l'Eneïde, qui eſt le premier échantillon de l'exécution de ces excellens ouvrages. Car quoy-que les commencemens des grandes actions doivent estre simples, & modestes, selon le précepte d'Horace, qui blâme si fort celuy qui commence d'vn air pompeux,

Fortunam Priami cantabo:

on ne laisse pas d'avoir soin de faire vn beau début, & de bien commencer. Voicy le commencement de l'Iliade, dont j'ay fait la traduction. *Muses, chantez la colére d'Achille fils de Pelée, cette colere qui fut si pernicieuse aux siens par vne infinité de malheurs qu'elle leur causa. Elle fit mourir grand nombre de Heros.* Il prend plaisir à exagérer cette colére par ses effets & par ses sujets, & il pousse les choses avec vne expression trop hardie, trop emportée, & mesme trop hyperbolique pour vn commencement,

αὐτοὺς δ' ἑλώρια τεῦχε.

Cette colére fit des ames des Héros vne sanglante boucherie; c'est ainsi que Didymus vn des plus exacts Interprétes d'Homére l'explique. Ce Poëte ne fait pas réfléxion que c'est son Héros de qui il parle, dont il exagére la passion, & qu'il cherche des paroles extraordinaires pour exprimer le degast qu'elle fit dans l'armée des siens;

il pouvoit dans vne invocation dire les choſes plus en général, il n'eſt pas beſoin de retoucher cela, il l'avoit aſſez dit en appelant cette paſſion pernicieuſe, il y a de l'affectation de le redire ſi ſouvent hors de ſa place, il amplifie ce qu'il devoit taire ou diminuër. Mais il ne s'arreſte pas-là, il pouſſe les choſes encore plus loin

— τεῦχε κύνεσσιν
οἰωνοῖσί τε πᾶσι.

Cét emportement de colére donna en proye à tous les chiens & à tous les oiſeaux les ames de ces Héros ; cela eſt encore trop pouſſé dans vne propoſition mêlée d'invocation, où l'on ne tombe jamais dans le détail : mais ce qu'il ajoûte achéve la faute & fait vn contre-ſens enorme,

Διὸς δ' ἐτελείετο βουλή.

Il oublie qu'il parle à ſa Muſe, à vne Divinité qui ſait tout, & qui ne doit avoir rien oublié de ce qu'elle ſait : il luy apprend que c'eſtoit la volonté de Dieu que les choſes ſe paſſaſſent de la ſorte. C'eſt à la Muſe d'Homére à luy apprendre les ſecrets de la volonté de Dieu, & ce qui ſe paſſe dans l'ordre de ſes decrets éternels; & non-pas à Homére d'apprendre cela à ſa Muſe, fille de Mémoire & de Iupiter: cela ne pourroit ſe pardonner à vn enfant: mais il eſt encore plus étrange d'ajoûter ces paroles pour amplifier l'excés de la ruine que cette colére avoit cauſée aux Grecs, puiſqu'elle avoit obligé les Dieux d'entrer dans le reſſentiment de cette paſſion, & que c'eſtoit leur bon-plaiſir qu'elle fiſt périr tout ce qu'il y avoit d'honneſtes-gens dans cette armée.

Διὸς δ' ἐτελείετο βουλή.

C'eſt porter juſques aux derniéres extrémitez les terribles effets de cette colére, que de faire autoriſer par la volonté des Dieux, la ruine de l'armée des Grecs dont la perte eſtoit l'accompliſſement du bon-plaiſir de Iupiter. Il ſeroit difficile de dire où finit cette invocation: les deux vers ſuivans en ſont encore, & elle ſe confond avec la narration quand on y fait réfléxion de-prés.

Voicy l'entrée de l'Odyſſée qui n'eſt pas plus raiſonnable. *Contez-moy, ma Muſe, cét homme fin & adroit qui a tant voyagé, tant couru de terres & de mers: il ſouffrit beau-*

coup à la vérité, mais il eut toûjours grand ſoin de ſe conſerver, il prit auſſi le ſoin du retour de ſes compagnons ; mais il n'en ramena pas-vn, ils périrent tous. Voilà vn admirable Héros qui eut grand ſoin de ſe conſerver luy-meſme !

Ἀρνύμενος ἥν τε ψυχὴν

C'eſt-à-dire, grand ſoin de ſa conſervation, mais il ne l'eut pas de la conſervation des ſiens, il n'en ſauva aucun, quoy qu'il le ſouhaittât fort.

Ἀλλ' οὐδ' ὣς ἑτάρους ἐρρύσατο.

Il eſt vray qu'ils périrent par leur propre ſottiſe. Ce Héros ſi ſage & d'vne prudence ſi extraordinaire, ne devoit-il pas avoir aſſez de conduite pour les garentir de ce malheur ? Mais ſi ſa prudence ne fut pas aſſez grande pour ſauver les compagnons de ſa fortune ; le Poëte ne devoit-il pas du moins le diſſimuler & s'en taire ? qui eſt-ce qui l'oblige à débuter par-là, & à mettre ce foible de ſon Héros dans le frontiſpice de ſon Poëme, dans l'endroit le plus éclatant, & à dire à ſa Muſe qu'elle chante ce Héros ſi habile qui ſe ſauva tout-ſeul, & qui laiſſa périr tous les ſiens ? Il n'y a rien au monde de moins Héros, de plus miſérable, & ſi je l'oſe dire en parlant d'vn ſi grand homme, de ſi rampant que cela.

Le commencement de l'Eneïde, eſt plus ſimple, plus vni, plus naturel. Homére affecte de moraliſer dés le quatriéme vers, le Lecteur n'à pas encore l'eſprit préparé aux réfléxions, il doit eſtre inſtruit & échauffé auparavant. La propoſition de Virgile eſt ſans embarras, il ne repéte point ce qu'il a dit, comme Homére, dans l'Iliade, fait vne amplification de Rhetorique au troiſiéme & au quatriéme vers. *Je chante*, dit Virgile, *les armes de cét homme qui s'eſtant retiré des ruines de Troye, arriva le premier en Italie, où il fut conduit par les Dieux : il eut beaucoup à ſouffrir par les perſécutions de Junon (vne ennemie de cette conſéquence le rend plus conſidérable) Mais, aprés tout-cela, il bâtit vne grande Ville, d'où ſe forma l'Empire du monde, & la Capitale de l'Vnivers.*

Il ſembleroit, enfin, de l'obſervation des caractéres de ces deux grans génies, qu'on pourroit comparer Homére à l'Arioſte qui

a

a plus de feu & de vivacité, & Virgile au Tasse qui a plus de prudence & de discrétion; & en verité, Virgile estoit plus honneste-homme, parce qu'il avoit esté élevé dans la Cour la plus polie qui fut jamais. Homére n'avoit rien de comparable à cét avantage, qui est grand en vn Auteur.

Ie laisse à décider aux Savans, ce qu'il faut juger de l'vn & de l'autre, quand ils voudront se donner la peine de s'instruire de la verité de ces observations. Il est vray que la pluspart des Critiques modernes donnent l'avantage à Homére; on doit pourtant se souvenir de ce que j'ay dit, que les Grammairiens qui sont les Critiques d'Estat, & de profession, ne jugent d'Homére que par l'expression, qui sans contredit, est plus brillante que celle de Virgile; mais qu'ils ne penétrent point dans le fond de l'ouvrage. Voici toutefois ce que Muret en dit dans ses Oraisons. *Æneïs poëma est non tantùm inter omnia latina sine dubitatione præstantissimum, sed etiam Græciæ gloriam magnum in discrimen vocans.* Il se trouve dans les Catalectes des Poëtes anciens, vn fragment d'Epigramme d'vn Auteur incertain, qui peut servir au jugement qu'on doit faire des ouvrages d'Homére & de Virgile: ce fragment dit, que le premier est plus vaste & plus grand, le second plus regulier & plus fini. C'est Virgile qui parle.

Mæonium quisquis Romanus nescit Homerum,
Me legat, & lectum credat vtrumque sibi.
Illius immensos miratur Græcia campos:
Minor est nobis, sed bene cultus ager;

Ce qui a du rapport à cét endroit du second livre des Georgiques,

-- Laudato ingentia rura,
Exiguum colito.

Les petis ouvrages sont toûjours plus achevez que les grans, parce qu'on peut donner plus de temps & de loisir à les achever.

FIN.

www.ingramcontent.com/pod-product-compliance
Ingram Content Group UK Ltd.
Pitfield, Milton Keynes, MK11 3LW, UK
UKHW021136230726
13926UKWH00002B/834

9 782014 086690